R. BÉNÉDITE-JANCOURT

LE

PAYS VIERGE

Opérette-Vaudeville en 1 Acte

DE M. R. BÉNÉDITE-JANCOURT

MUSIQUE DE GEORGES HAAKMAN

Créée le 18 Février 1898 à Paris

AU CONCERT DE L'ÉPOQUE

DIRECTION MEYRONNET

PARIS

C. JOUBERT, Editeur, 25, rue d'Hauteville.

Répertoire de la Société des Auteurs et Compositeurs dramatiques.
(ROGER, 8, rue Hippolyte-Lebas).

C. JOUBERT, Editeur de Musique

PARIS. — 25, Rue d'Hauteville, 25. — PARIS

RÉPERTOIRE
DES OPERAS, OPERAS-COMIQUES ET OPERETTES

ABRÉVIATIONS : **T.** Veut dire : Du répertoire de la Société des Auteurs dramatiques; le surplus étant du répertoire de la Société des Auteurs, Compositeurs et Editeurs de Musique.
LOC. Veut dire : N'existe qu'en location.

Opéras, Opéras-Comiques et Opérettes en plusieurs Actes.

A. Godard....	Amour qui passa (L') (3 actes) T. partition	loc.	Pedrotti ...	Masques (Les) T.........partition	net 15 »
E. Missa....	Belle Sophie (La) (3 actes) T..	id. net 12 »	H. Boullard.	Niniche (3 actes) T....	id. net 8 »
H. Litolff...	Boîte de Pandore (La) (3 actes) T.	id. net 15 »	Deffès.....	Noces de Fernande (Les) (3 a.) T.	id. net 15 »
R. Planquette	Cantinière (La) (3 actes) T.	id. net 12 »	Hervé.....	Œil crevé (L') (3 actes) T...	id. loc.
R. Planquette	Cloches de Corneville (les) 3 a. T.	id. net 15 »	J. Clerice...	Pavie (3 actes) T......	id. net 12 »
Verdi......	Croisé en Egypte (Le) (3 actes) T	id. loc.	Haackmann...	Petit Moujik (Le) (3 actes) T..	id. net 12 »
Verdi......	Deux Foscari (les) (3 actes) T.	id. loc.	Poniatowski.	Pierre de Médicis (4 actes) T..	id. net 20 »
Marenco....	Diable au corps (Le) (3 actes) T.	id. net 15 »	Ch. Grisart..	Poupées de l'Infante (Les) (3a.) T	id. net 15 »
De Wenzel...	Elève du Conservatoire (3 a) T	id. net 12 »	Auber.....	Premier jour de bonheur (Le)	
H. Litolff...	Escadron volant de la Reine (l') (3 actes) T	id. net 15 »		(3 actes) T.......	id. net 15 »
L. Vasseur..	Famille Vénus (La) (3 a.) T...	id. loc.	E. Missa....	Princesse Nangara (La) (3 a.) T	id. loc.
Suppé......	Fatinitza T........	id. loc.	Auber.....	Rêve d'Amour (3 actes) T....	id. net 15 »
H. Litolff...	Fiancée du Roi de Garbe (La) (3 actes) T.	id. net 15 »	Boullard, Hervé	Roussotte (La) (3 actes) T...	id. net 10 »
A. Louis....	Goguette (La) (2 actes) T...	id. loc.	et Lecocq..		
J. Clerice...	Hardi les Bleus T.......	id. net 10 »	R. Planquette.	Surcouf (3 actes) T.....	id. net 12 »
H. Litolff...	Héloïse et Abélard (3 actes) T.	id. net 15 »	R. Planquette.	Talisman (Le) (3 actes) T...	id. net 15 »
Verdi......	Jérusalem T........	id. loc.	Ricci......	Une folie à Rome (3 actes) T..	id. net 20 »
L. Vasseur..	Mam'zelle Crénom (3 actes) T.	id. net 12 »	R. Planquette.	Voltigeurs de la 32e (les) (3 a.) T.	id. net 12 »

Opéras-Comiques en un Acte

AUTEURS	TITRES DES ŒUVRES	Hommes	Femmes	Prix nets	AUTEURS	TITRES DES ŒUVRES	Hommes	Femmes	Prix nets
H. Salomon	Aumônier du Régiment (L') T.	3	1	10 »	A. Turquet..	Monsieur Pulcinella T...	2	2	6 »
Samuel David.	Bien d'Autrui (Le) T..	2	1	8 »	P. Henrion..	Moulin de Javelle (Le) T...	2	1	6 »
L. Deffès...	Bourguignonnes (Les) T..	2	1	7 »	A. Planquette.	Paille d'Avoine T.....	2	1	6 »
D. Bernicat..	Cadets de Gascogne (Les)..	troupe	»	7 »	Ph. Dubois..	Pain bis (Le) T......	troupe	»	8 »
L. Deffès...	Café du Roi (Le) T..	1	2	7 »	De Ste-Croix.	Rendez-vous galants (Les) T.	troupe	»	10 »
De Ste-Croix.	Chanson du Printemps (La) T.	4	2	8 »	C. Boussagol.	Sabre enchanté (Le) T...	3	1	6 »
R. Planquette.	Chevalier Gaston (Le) T.	2	1	8 »	De Mortaieu.	Saint-Nicolas (La).	1	1	8 »
Ch. Grisart..	Memnon T..	troupe	»	6 »	Desgranges..	Vieux Sorcier (Le) T...	troupe	»	8 »

Opérettes de Théâtre et de Concert

De Campisiano.	Absalon....		3	6 »	C. Rosenquest..	Chicard et Bébé..	1	4 »
F. Bernicat..	Agence Rabourdin (L')..	1	1	5 »	Bonnier...	Chien et Chat T...	4	5 »
G. Street...	Amour en livrée (L')..	3	1	5 »	Villebichot..	Cirque Ponger's (Le).	troupe	6 »
Desormes....	Amour et l'appétit (L')..	1	4 »	L. Collin...	Coco Bel-Œil (L')...	1	5 »
Ch. Lecocq...	Amour et son Carquois (L') T.	2	13	8 »	A. Petit...	Cocotte et chiffonnier...	1	5 »
A. Petit....	Amoureux d'Yvonne (Les) T	5	3	loc.	Villemer...			
V. Roger....	Amour Quinze-Vingt (L')..	3	1	4 »	Delormel }..	Colosses de Rhodes (Le)...	3	4 »
Desormes....	Antoine et Cléopâtre T..	1	2	4 »	Péricaud }			
J. Emmecé..	A qui le gosse? T..	troupe	»	loc.	A. Petit...	Confection pour dames...	2	4	5 »
M. Chautagne.	Arracheuse de dents (L')..	2	1	4 »	Lebreton-Moreau.	Conscrits bretons (Les) T..	7	5	loc.
Géraldy....	Ascension du Mont-Blanc (L').	1	1	4 »	L. Collin...	Conscrit tyrolien (Le)...	1	3 »
Banès.....	Au Coq huppé..	3	2	5 »	Lebreton-Moreau.	Cote et Cocottes..	4	4	3 »
Lebreton-Moreau.	Au temps des cerises T..	5	3	loc.	De Roze et d'Arsay	Culotte du marié (scène) (La).	»	2	0 50
Guérineau...	Auteur par amour..	1	2	5 »	Lebreton-Moreau.	Dans cent ans T..	2	11	loc.
Lebreton-Moreau.	Autour d'une guérite T..	3	2	loc.	Courilus...	Dégratée T..	3	3	5 »
Moreau.....	Avant le bal..	1	1	3 »	L. Lefèvre..	Dernier verre (Le)..	2	1	4 »
Deransart...	Baigneur et nageuse..	1	1	1 »	F. Berbier..	Deux amours de chandeliers.	1	1	5 »
Dérriés et P. Garcin.	Baisez cocotte..	3	1	3 »	F. Matz....	Deux avares (Les) T..	2	1	6 »
Leserre....	Barbe-Bleue..	1	»	2 »	Ch. Hubans..	Deux coqs vivaient en paix..	2	1	6 »
Offenbach...	Ba-ta-Clan T..	troupe	»	8 »	F. Gracia...	Deux estafiers (Les)..	2	1	4 »
Wachs.....	Bibi ou l'Enfant de l'Amour.	1	1	4 »	M. Chautagne.	Deux muses (Les)	2	»	4 »
Moreau-Gramet.	Bougnol et Bougnol..	4	2	loc.	F. Barbier..	Deux parrains notaires (Les) T.	3	»	4 »
Villebichot..	Boum! Servez chaud..	3	1	4 »	Hervé-Lecocq.	Deux portières pour un cordon T	2	»	4 »
Hubans....	Breland de bègues..	2	1	5 »	Moreau-Boucherat.	Diable au Moulin..	5	8	loc.
Banès.....	Cadiguette T..	1	1	4 »	Divers....	Doubles Vierges (Les) T..	troupe		loc.
Javelot....	Calino amoureux..	2	1	3 »	Sourdias...	Drapeau jaune (Le) T..	3	2	4 »
Cellot.....	Canne d'un grand homme (La) T	2	2	loc.	J. Domero...	Ecole buissonnière (L')..	3	1	3 »
V. Herpia...	Capricorne (Le)..	troupe	»	loc.	Ed. Lhuillier.	Elle débute ce soir...	1	1	4 »
F. Barbier..	Carmagnole (La)..	3	9	5 »	Delarnelle..	El senor Piffardino..	1	1	6 »
Lebreton-Moreau.	Carnaval conjugal (Le) T..	9	3	loc.	Marsay....	En colonne T..	troupe	»	loc.
Chelu.....	Chambre à louer..	1		5 »	Lebreton-Moreau.	Enfant des balles (L') T..	3	2	loc.
Moreau.....	Chambre de bonne T..	troupe	»	»	Villebichot..	Entre deux jardins..	1	1	4 »
R. Planquette.	Champignolette (La)..	troupe	»	loc.	Lebreton-Duroc	Entresol d'Eugène T..	4	6	loc.
V. Roger...	Chanson des Ecus (La)..	3	4	»	Banès.....	Escargot (L')..	2	3	6 »
P. Henrion..	Chant-use par amour (La) T	»	1	6 »	D. Dihau...	Eternel roman (L')..	1	1	4 »
E. André...	Chaos (Le)..	1	1	4 »	F. Beauvallet.	Faites le jeu, Messieurs (v.) T..	1	»	loc.
Lebreton-Moreau.	Chasseurs Alpins (Les) T..	6	6	loc.	Lebreton-Moreau	Farces du Printemps (Les) T..	7	4	loc.
Cieutat....	Chasse Suzanne (La) T..	troupe	»	4 »	St-Agnan Choler	Faut du prestige (vaud.) T..	»	»	loc.
Meynard....	Chez le dentiste..	3	1	8 »	Lebreton-Duroc	Faut que j'casse la g. à Baptiste T	»	3	loc.
Lhuillier...	Chez les Corniquets..	1	1	»	Ch. Gabet...	Femme de Valentino (La) (v.) T..	»	»	loc.

R. BÉNÉDITE-JANCOURT

LE PAYS VIERGE

Opérette-Vaudeville en 1 Acte

DE M. R. BÉNÉDITE-JANCOURT

MUSIQUE DE GEORGES HAAKMAN

Créée le 18 Février 1898 à Paris

AU CONCERT DE L'ÉPOQUE

DIRECTION MEYRONNET

PARIS

C. JOUBERT, Editeur, 25, rue d'Hauteville.

Répertoire de la Société des Auteurs et Compositeurs dramatiques.
(ROGER, 8, rue Hippolyte-Lebas).

LE PAYS VIERGE

Opérette-Vaudeville en 1 Acte

Par R. BÉNÉDITE-JANCOURT

MUSIQUE DE GEORGES HAAKMAN

Créée le 18 Février au Concert de l'Époque.

DIRECTION A MEYRONNET

PERSONNAGES

ACHILLE BEAUJOLAIS	MM. DALBRAN.
CARABI	F. KELM.
STÉPHANE	VILLA.
BEAUJOLAIS.	DELPHIN.
BRISEBOIS	MAUVAL.
MINARD	LUCE.
LE DOCTEUR MANGANÈSE.	GOURDON.
COLOMBIN	MARVAL.
GABRIELLE COLOMBIN	Mᵐᵉ DALBRAN.
NANETTE	STOLDY.
Mᵐᵉ COLOMBIN.	R. BÉRAT.
UNE INSTITUTRICE	RUBINS.

Servantes, témoins, invités, demoiselles d'honneur, etc.

Le théâtre représente le jardin de la mairie de Coquebourg. Au fond, une table servie pour la noce, nappe blanche, corbeille de fleurs et de fruits. Des lampions sont suspendus dans les feuillages, et des faisceaux de drapeaux sont placés, contre un poteau à droite et, dans le fond, au-dessus de la table.

SCÈNE PREMIÈRE

Stéphane, les Servantes, *achevant de préparer la table.*

TOUTES

Quand on passe devant le maire
Pour serrer le nœud conjugal,
Un bon repas est nécessaire ;
Mais en général
C'est l'époux le moins frugal...

STÉPHANE, *son claque à la main.*

Dans son désir de faire bonne chère
Il mangerait même sa belle-mère.

TOUS

Ah ! ah ! ah !
Dans son désir de faire bonne chère
etc.
(Reprise).

STÉPHANE

Allons ! est-ce prêt ?... La noce va arriver et, en descendant de la salle des mariages, *(Il désigne le corps de bâtiment à gauche.)* tout le monde va vouloir se mettre à table... *(Examinant l'ordonnance de la table).* J'ose dire que je ne m'en suis pas trop mal tiré ! Le garçon d'honneur est un individu chargé? de faire mettre le couvert et d'ouvrir les portières. *(Il range différentes choses).*

UNE SERVANTE

M Stéphane, où faut-il placer les fleurs

STÉPHANE

Aux deux bouts de la table, pardi!... Là! *(Un temps)* Tiens ! voici M. Carabi, notre brigadier de gendarmerie.
(Entre Carabi, pendant que les servantes se retirent sur la reprise de l'air).

SCÈNE II

Stéphane, Carabi.

CARABI

Je crois que je suis en avance.

STÉPHANE

Vous êtes en avance et puis c'est à la maison de la fiancée qu'on doit se réunir.

CARABI

Oui, mais moi j'aime mieux me réunir ici... parce que, dans le jardin, on peut fumer sa bouffarde en attendant.
(Il bourre sa pipe).

STÉPHANE

Vous ne pouvez donc pas vous passer de fumer ?

CARABI

Fumer et astiquer sa *muffleterie*, ce sont les seules distractions du gendarme.

STÉPHANE

Eh bien ! et les rapports, les enquêtes, la recherche des malfaiteurs ?

CARABI

Hélas ! des malfaiteurs !... à Coquebourg ! Ah ! s'il y en avait, on pourrait espérer de l'avancement, mais je t'en fiche !... Ce sont tous des lâches !... il n'y en a pas un qui oserait chiper une poule dans un basse-cour ou tordre seulement le cou à un fermier !... (Avec mépris). Ce sont des lâches !... je vous dis, des lâches !

STÉPHANE

Espérez, mon cher Carabi, espérez.

CARABI

Espérer ! il y a dix ans que j'espère... Ne serait-ce qu'un viol... un petit adultère ! n'importe quoi !

STÉPHANE

Vous n'êtes pas fixé sur le genre du délit?

CARABI

Que ça m'est complètement subséquent ! Je vais demander mon changement de résidence. (Examinant l'aspect du jardin). C'est égal, il fait joliment bien les choses, M. Beaujolais, notre maire... pour le mariage de son neveu... Achille Beaujolais.

STÉPHANE

Avec ma cousine, Mademoiselle Gabrielle Colombin.
(Il soupire).

CARABI

Des lampions ! des drapeaux ! un lynx...

STÉPHANE

Un lunch !... Ah ! c'est un veinard, Achille... (Il soupire.) J'ai fait dresser la table dans le jardin de la Mairie. . comme ça, après la cérémonie, on pourra déjeuner tout de suite.

CARABI

C'est ça, on cassera une croûte... Et vous, heureux mortel... en qualité de garçon d'honneur vous délierez la jarretière de la mariée. (Il lui pousse des bottes).

STÉPHANE, tristement.

Hélas !

CARABI

Pourquoi, hélas ? Ah ! oui... Vous l'aimiez aussi, votre cousine Gabrielle ; mais le père Colombin a préféré s'allier au Maire parce que c'est une *grosse légume*.

STÉPHANE

Oh ! oui, je l'aimais Gabrielle ! mais voilà, élevé à Coquebourg avec elle, ne connaissant pas une note de piano... je n'avais pas le prestige du neveu... (Avec emphase) de Môsieu le Maire, Achille Beaujolais... un parisien... qui joue la *Valse des Roses* comme un professeur du Conservatoire.

CARABI

Vous manquiez de poésie.

STÉPHANE

Je manquais de poésie et de situation ! tandis qu'Achille, représentant de la maison Chevillard et Cⁱᵉ, une des plus fortes du faubourg du Temple pour les articles de Paris...

CARABI

Il touche une solde supérieure, quoi !

STÉPHANE

Ah ! mon bon monsieur Carabi, s'il pouvait survenir un petit scandale avant la cérémonie funèbre... non... nuptiale !

CARABI, *joyeusement.*

Quelque chose comme une potée de vitriol à la figure d'un des conjoints !... C'est ça qui ferait une belle arrestation...(*Retombant dans la tristesse.*) Mais c'est-z-impossible, à Coquebourg. C'est-z-impossible !

ACHILLE, *à la cantonade.*

Ah ! le joli soleil qu'il fait ce matin.

SCÈNE III

Stéphane, Achille Beaujolais *et* **Carabi.**

STÉPHANE

Chut ! voilà Achille.

ACHILLE, *à Stéphane.*

Tiens ! avant de partir pour le domicile de la fiancée, si nous nous versions un petit verre de blanc.

CARABI

Ce n'est pas de refus.

STÉPHANE, *emplissant trois verres.*

A ta santé et à... ton bonheur.

ACHILLE

A la tienne, mon vieux !... A la vôtre, brigadier !

CARABI, *choquant son verre.*

Itou !

STÉPHANE

Tu ne me dis rien, pour la manière dont j'ai arrangé tout ça ?

ACHILLE

Très bien, très bien, cher ami ! Parfait ! Je suis enchanté..., c'est superbe !... Et à présent, allons chercher ma femme.

STÉPHANE, *avec intention.*

Ta future !

ACHILLE

Dans un quart d'heure elle sera ma femme... et ce soir...

CARABI

Ah ! ah ! mon gaillard ! Je connais ça !... Ce soir, on cueille la fleur d'oranger !

ACHILLE, *riant.*

Ce sera la fleur *dérangée.*

STÉPHANE, *avec dignité.*

Pas d'indécence !... Attendez d'être seul avec elle au moins. (*Il soupire.*)

ACHILLE

Eh bien ! tu n'es pas gai pour un garçon d'honneur... (*Allant pour sortir*). A tout à l'heure !... (*Avec ironie*). Ah ! dis donc, n'oublie pas d'ouvrir les portières des voitures.

STÉPHANE, *amèrement.*

Voilà mon rôle à moi !

ACHILLE, *revenant sur ses pas.*

Encore un mot... (*Confidentiellement*). S'il arrivait une lettre de Paris... ou un télégramme pour moi... inutile de me le remettre devant le monde ; j'ai fait tant de victimes dans le quartier du Temple !... et une lettre anonyme est si vite envoyée ! Déchire-la, c'est plus sûr. Déchire-la. Ça n'aurait qu'à tomber entre les mains de Gabrielle.

STÉPHANE

Compte là-dessus (*A part.*) Et bois de l'eau claire.

ACHILLE

Mais il ne se produira rien, je l'espère.

STÉPHANE *et* CARABI

Tant pis !

ACHILLE

Hein ?

STÉPHANE

Tant mieux !

CARABI

Tant mieux ! Tant mieux !

ACHILLE

Allons ! à tout à l'heure...

SCÈNE IV

Achille Nanette, Stéphane *et* **Carabi** *au fond, à l'écart.*

NANETTE, *entrant et prenant Achille à part.*

Monsieur Achille.

CHILLE, *bas.*

Ah ! c'est toi, Nanette ! Sapristi ! c'est que je suis pressé !

NANETTE

J'étions pressée de même, mais comme vous m'avez dit de revenir à ce matin...

ACHILLE

Voyons. Es-tu un peu consolée ?

NANETTE

Pour ça, j'étions ben malheureuse !... le père y m'aviont fichu une tournée en rentrant. (*Elle se met à pleurer*).

ACHILLE

Credié ! Tu ne vas pas pleurer à présent ! Une grande fille comme toi.

STÉPHANE, *bas à Carabi.*

Qu'est-ce qu'ils peuvent bien mijoter tous les deux ?

ACHILLE, *à demi-voix à Nanette.*

Aussi, que diable !... Quand on a un bicot qui vient de naître, on ne le laisse pas trotter dans la luzerne comme ça... On lui met un grelot au cou.

NANETTE

J'avions pas les moyens cheux nous d'avoir des grelots.

ACHILLE

Je l'ai pris pour un lièvre, ton bicot, et paf ! j'ai tiré dessus !... Que veux-tu ?...

NANETTE, *pleurant.*

Hi ! hi ! hi ! Fallait faire attention donc !

ACHILLE

Ça arrive tous les jours ça !... On passe dans la rue et v'lan ! une cheminée vous tombe sur la tête. Le fusil de chasse c'est la cheminée du bicot. Voyons, combien en veux-tu de ton bicot ?

NANETTE

Ma fine ! tout jeune... au marché... on aurait pu le vendre...

ACHILLE

Ne me surfais pas !

NANETTE

A la Saint-Laurent, il aurait ben pesé vingt-deux livres... hi... hi... hi... Il aurait pu faire des petits... avec ces petits...

ACHILLE

Ne m'attendris pas... je ne serais pas assez riche pour le payer... (*Sortant de l'argent de sa poche*). Voyons si je t'offrais deux louis .. serais-tu contente.

NANETTE

Combien que ça fait-y ?... ça fait-y ben nonnante sous, deux louis !

ACHILLE

Allons ! tiens ! et ne pleure plus... seulement surveille tes bêtes. (*Elle prend les deux pièces d'or*).

NANETTE

Pour sûr ! seulement le père m'a dit comme ça que, si vous le payerez, fallait vous remettre l'animal, parce qu'il vous appartiendrait.

ACHILLE

Que veux-tu que j'en fasse ?

NANETTE

Tiens, un civet donc !

ACHILLE

Non ! Non ! je te remercie.

NANETTE

Que si, morguienne !... l'père le vouliont.

ACHILLE

Allons, c'est bon !.. Je perds mon temps, là ! (*Il sort*).

NANETTE, *à part.*

C'est bian payé ! pour être bian payé, c'est bian payé.

SCÈNE V

Stéphane, Nanette *et* Carabi.

STÉPHANE

J'espère que t'as là deux belles pièces d'or.

NANETTE

Té morguienne !... Si je les aviens c'est que je les aviens gagnées.

STÉPHANE

Mais à quoi les as-tu gagnées ? (*Il pousse le coude de Carabi*).

NANETTE

Ça vous regarde t'y, vous ?.. Je vous voyons venir avec vos gros sabiots.

CARABI

Allons, petiote, ne te fâche pas... c'est pour rire.. (*La lutinant*)). On peut bien rigoler un brin !

NANETTE

Pourquoi donc que je rigolerions moué ? Vous voulez t'y m'épouser ?

CARABI

Tiens ! tout de suite, les pieds dans le plat. (*Il la lutine*).

NANETTE

A bas les pattes !.. C'est pas pour votre musiau !...

STÉPHANE

Tu ne veux pas nous dire ce qu'il te racontait à l'oreille, M. Achille Beaujolais ?

NANETTE

Dégourdi, va !

CARABI

Raconte-nous ça, qu'est-ce que tu risques.

NANETTE

I

J'veux ben vous raconter c't'histoire ;
C'est un ben grand malheur pour nous,
Hier, comm'je rev'nions de la foire,
Je m'assime à l'ombre d'un houx.
Tout auprès de moi, dans l'herbette,
Je laissions paître mon biquet ;
Soudain : pif ! paf ! la pauvre bête
D'un coup d'fusil fut tué net !
    J'avions vu périr ma bique,
    D'puis j'étions mélancolique ;
    On l'appelait de tous les noms :
    Mon p'tit biquet ! ma biquette !
    Ah ! mazette !
    La pauvrette !
    Quand j'y pense j'en pleurons.
    (*Elle pleure*)

2

Mais quand j'revins, la nuit tombante,
L'pèr'me dit : « Qué qu't'as donc fait'.
T'as été bien longtemps absente !.. »
J'lui répondim : « Pauvre biquet ! »
Pour lors, voilà qu'y m'fiche un'danse :

« T'aurais mieux fait de te nayer...
Qui m'dit : t'as fait un'perte immense.
Fallait au moins t'la faire payer ! »
    J'avions vu périr ma bique,
    D'puis j'étions mélancolique.
    etc.

CARABI, *incrédule.*

Et c'est pour ça qu'il t'a donné deux pièces d'or, M. Achille ?

STÉPHANE

Il y a quelque chose là-dessous.

NANETTE

Où ça, là-dessous ?

CARABI

Va donc ! tu es moins bête que tu en as l'air.

NANETTE

C'est ben le contraire de vous ! (*S'échappant*). Au revouair, messieurs, la compagnie. (*Elle sort*).

VOIX AU DEHORS

Vive les Mariés ! Vive les Mariés !
(*Entrée des fiancés et des gens de la noce, tous bras dessus, bras dessous*).

SCÈNE VI

Minard, Manganèse, Mᵐᵉ **Colombin, Colombin, Beaujolais, Achille, Gabrielle, Stéphane, Brisebois, Carabi**, *Demoiselles d'honneur et Invités.*

Les gens de la noce défilent. Achille en tête, donnant le bras à Gabrielle).

TOUS

Ah ! quel beau jour
Que celui du mariage !
On a tout pour
Faire un excellent ménage,
Lorsque l'amour
Veut bien être du voyage.
(*Ils se rangent, les deux fiancés au milieu*).

ACHILLE à *Gabrielle.*

I

Réfléchissez, puisqu'il est temps,
Vous acceptez d'être ma fem me ?

GABRIELLE

Monsieur, je vais dans peu d'instants
Vous montrer le fond de mon âme.

BEAUJOLAIS, *attendri.*

Nous avons tous passé par là !

Mᵐᵉ COLOMBIN

C'est un moment très agréable

COLOMBIN, *sceptique.*

Mais il ne dure pas le diable !

Mᵐᵉ COLOMBIN, *vexée, en le pinçant au bras.*

Ah ! Monsieur l'on s'en souviendra.

COLOMBIN

Gué ! gué ! gué ! prenez donc la chaîne
Gué ! gué ! gué ! mariez-vous donc !

TOUS

Gué ! gué ! gué ! prenez donc la chaîne
Gué ! gué ! gué ! mariez-vous donc.

COLOMBIN, *de façon à ne pas être entendu de sa femme.*

Quand approche la cinquantaine
L'amour souffle sur son brandon.
Et nous courons la prétantaine
Pour nous monter le bourrichon.

TOUS

Gué ! gué ! gué ! Prenez-donc la chaîne.
Gué ! gué ! gué ! Mariez-vous donc,

ACHILLE, *à Gabrielle.*

II

Votre cœur n'a-t-il que pour moi
Battu sous votre fin corsage ?

GABRIELLE

Oui, je vous jure que ma foi
N'a pas le moindre maquillage.

BEAUJOLAIS

Vraiment ! ils sont charmants tous deux.

Mᵐᵉ COLOMBIN, *minaudant.*

Ça me rappelle ma jeunesse !

M. COLOMBIN

C'est vrai que j'eus quelque faiblesse,

Mᵐᵉ COLOMBIN

Votre main lissait mes cheveux

M. COLOMBIN

Gué ! gué ! gué ! prenez donc la chaîne,
etc.

ACHILLE, *à Gabrielle.*

Ma chère Gabrielle ! Je suis le plus heureux des hommes !

GABRIELLE

Oui, mais...

I

Ecoutez bien mon programme :
En devenant votre femme
Je n'entends point partager
Une tendresse hésitante,
Et je serai, pour changer,
Votre femme et votre amante !

Toute chose qu'entre amants,
Dans le plus tendre prélude,
On se fait de temps en temps,
Nous en ferons l'habitude,
Cupidon,
Descends donc,
Point revêche
Au foyer conjugal.
Ne dépêche
Pas ta flèche
Qu'à l'amour illégal !

TOUS

Cupidon
Descends donc,
etc.

GABRIELLE

II

Il n'est pas que la maîtresse
Qui sache donner l'ivresse
Dans la chaleur du baiser,
Et vous trouverez, je pense,
Quelqu'un chez vous pour causer
Dans vos jours d'exubérance !

Mais j'exige que, presto,
Vous donniez la répartie,
Il faut que dans un duo
Chacun fasse sa partie.
Cupidon
Descend donc,

TOUS

Cupidon,
etc.

ACHILLE

Tranquillisez-vous, ma chère Gabrielle ; je ne suis pas homme à laisser tomber une conversation intéressante.
(Les hommes offrent le bras aux dames).

TOUS

Ah ! quel beau jour
Que celui du mariage !
On a tout pour
Faire un excellent mariage,
Lorsque l'amour
Veut bien être du voyage.

BEAUJOLAIS

Allons, mes enfants, le moment solennel est venu... Je reprends ma qualité de maire pour vous bénir comme un père.

Mᵐᵉ COLOMBIN, à Achille.

Achille !

ACHILLE

Belle-maman ?

Mᵐᵉ COLOMBIN, s'essuyant les yeux.

Je vous la confie ! C'est une fleur... en cueillant ce bouton à peine éclos... ne brisez pas la corolle.

ACHILLE

Soyez sans crainte pour la corolle... ça me connaît.

BEAUJOLAIS

Et maintenant, si vous voulez me suivre... les conjoints d'abord... là... les témoins... puis les invités. (Les faisant ranger). M. Manganèse, notre éminent docteur, M. Brisebois, le sympathique substitut du procureur de la République, le courageux M. Minard, pharmacien... ex-interne des hôpitaux...

MINARD, s'avançant.

Et capitaine des pompiers de Coquebourg.

BEAUJOLAIS

Mˡˡᵉ Mirandolle, notre savante institutrice, Mʳ Carabi, notre brave capitaine de gendarmerie.

CARABI

Présent ! (Il met sa pipe dans sa poche).

STÉPHANE, se multipliant.

Les invités par ici ! Les demoiselles d'honneur de ce côté.

Mᵐᵉ COLOMBIN

Je suis émue !

GABRIELLE

Voyons maman ! il faut vous faire une raison, c'est moi qu'on marie... ce n'est pas vous !

COLOMBIN, à part.

Un beau mariage... toutes les notabilités politiques, littéraires et scientifiques de Coquebourg !

BEAUJOLAIS

Je prends la tête. (Tout le monde le suit en chantant la reprise).

Ah ! quel beau jour
Que celui du mariage,
etc...

(On défile pour se rendre à la salle des mariages. Stéphane reste le dernier).

SCÈNE VII

Stéphane, Une servante.

STÉPHANE, seul.

Le sacrifice va s'accomplir !.. ma dernière espérance s'est envolée. (Il va pour sortir).

UNE SERVANTE, accourant.

M. Stéphane ! M. Stéphane !

STÉPHANE

Quoi ? Qu'y a-t-il ?

LA SERVANTE

On vient d'apporter ceci pour M. Achille... (Elle lui remet un colis d'une hauteur de 60 à 65 centimètres environ).

STÉPHANE, étonné.

Qu'est-ce que ça peut bien être ? (La servante se retire. — Examinant la boîte) « Fragile » (Lisant). « Mʳ Achille Beaujolais à Coquebourg, Seine-et-Marne — Pressé — Fragile — Personnelle. » Diable ! qu'est-ce que ça peut être ? Je ne peux pas lui montrer ça pendant la cérémonie... « Pressé » Il m'a dit de décacheter ce qui arriverait... Ma foi, tant pis !.. (Il coupe la ficelle et retire le couvercle de la boîte) Je suis curieux de savoir... (Il sort un bocal de forme allongée). Qu'est-ce que c'est que ça ? (Avec un cri). Ah ! (Le bocal est plein d'un liquide dans lequel se trouve immergé un bébé) Hein ? sapristi ! (Il remet vivement le bocal dans la boîte) Pas de doute !.. C'est une malheureuse délaissée qui renvoie à Beaujolais le fruit de leurs amours coupables... dans de l'esprit de vin ? Et pendant ce temps, lui, il se marie tranquillement ! Oh ! mais ça ne va pas se passer comme ça ! Quelle veine, mon Dieu ! Je le tiens, enfin, mon petit scandale !.. A moi, Gabrielle ! (Relisant la suscription) « Achille Beaujolais à Coquebourg » Je ne me trompe pas ! Ah ! ah ! nous allons rire ! (Il cherche des yeux s'il ne voit personne. — Appelant à droite).

LA SERVANTE, *revenant.*

Voilà !

STÉPHANE

Allez me chercher M. le Maire, Vite !...
Heureusement c'est tombé entre mes mains !
On va s'amuser ! (*Il saute de joie*).

SCÈNE VIII

Beaujolais, Stéphane, *puis* **Carabi.**

BEAUJOLAIS

Je n'avais pas commencé... sans ça... je
n'aurais pas pu descendre... (*Surpris de la
joie de Stéphane*) Qu'y a-t-il donc ?

STÉPHANE

Bonne nouvelle ! Tra la la la la !

BEAUJOLAIS

Ah ! qu'est-ce que c'est ?

STÉPHANE

Regardez...

BEAUJOLAIS

On m'envoie une boîte de cigares ?

STÉPHANE, *lui montrant la boîte.*

Je t'en fiche ! C'est assez clair ! Vous avez
compris ?

BEAUJOLAIS

Rien du tout !

STÉPHANE, *dansant.*

Tra la la la la !

STÉPHANE

C'est pourtant bien simple ! Achille, votre
neveu avait une maîtresse à Paris...

BEAUJOLAIS

C'était son droit.

STÉPHANE

Oui, mais il l'a lâchée.

BEAUJOLAIS

C'était son devoir.

STÉPHANE

Seulement, elle vient de lui renvoyer ceci !
Tra la la la la ! (*Il danse*).

BEAUJOLAIS

Il est devenu fou !

STÉPHANE, *sautant de joie.*

Fragile ! personnelle ! pressée !... Ah ! je
suis bien content. Fragile, vous avez compris.

BEAUJOLAIS, *stupéfait.*

Quoi ?

STÉPHANE

Tenez ! (*Il tire le bocal de la boîte*) Là !

BEAUJOLAIS

Ah ! mon Dieu ! qu'est-ce que c'est que ça ?

STÉPHANE

Ça ? c'est votre descendance... en ligne
directe qu'on lui envoie par colis-postal
Lisez : « M. Achille Beaujolais ».

BEAUJOLAIS

Sapredié !

STÉPHANE

C'est un rejeton de votre race !

BEAUJOLAIS

Nous voilà dans de beau draps !

STÉPHANE

Et dans l'esprit de vin !... à 90 degrés !
C'est un crime, tout bonnement ! Nous som-
mes sur la trace d'un crime, d'un infanticide.
Non ! mais c'est vraiment de la veine !

BEAUJOLAIS, *à part.*

Il appelle ça de la veine, lui !

STÉPHANE, *joyeusement.*

Oh ! vous êtes déshonoré !

BEAUJOLAIS

Mais tais-toi donc !

STÉPHANE

Vos cheveux blancs livrés à la vindicte
publique.

BEAUJOLAIS, *le prenant au collet.*

Mais tais-toi donc ! Veux-tu te taire !

STÉPHANE

Moi ! je vais le dire à tout le monde ! ça va
faire un joli pétard ! Le tribunal !... la cour
d'assises...

BEAUJOLAIS, *se fouillant.*

Combien veux-tu ?

STÉPHANE

Moi ? Jamais de la vie !

BEAUJOLAIS

Je t'en supplie !... Mon petit'[Stéphane ! parle, que veux-tu ? Veux-tu que je te fasse nommer conseiller général au renouvellement ?

STÉPHANE

Ah ! ça m'est bien égal. Rompez le mariage... Je veux épouser Gabrielle, voilà le prix de mon silence.

BEAUJOLAIS

Mais c'est impossible... ils m'attendent là haut. (*A part*). Animal d'Achille.

STÉPHANE

Je vous"donne cinq minutes... montre en main ! Après ça j'expédie au Parquet.

BEAUJOLAIS

Et tu te tairas ?

STÉPHANE

Vous avez ma parole.

BEAUJOLAIS

C'est du chantage ça !

STÉPHANE

Je le sais bien ; mais la vie est un concert, nous nous faisons chanter les uns les autres.

BEAUJOLAIS

Soit ! Attends-moi ici.

STÉPHANE

Allez ! Allez ! noble vieillard. Je vous plains, mais je tire partie de la situation. (*Beaujolais va pour rentrer à la Mairie.*)

CARABI, *venant du côté opposé, d'un ton dégagé.*

J'étais là... j'ai tout vu et tout entendu !

BEAUJOLAIS, *effrayé.*

Ah ! vous avez... (*A part.*) Sapristi !

CARABI, *lui tendant la main gaiment.*

Je vous félicite... mon cher Beaujolais... je

vous félicite !... A vous l'honneur d'avoir désenguignonné ce chef-lieu de canton.

BEAUJOLAIS, *lui prenant la main machinalement.*

Il n'y a pas de quoi.

STÉPHANE *et* CARABI

Traia la la la !

CARABI

Enfin, nous avons donc un crime ! Ce n'est pas malheureux !

BEAUJOLET, *inquiet.*

Plus bas !

CARABI, *bas.*

C'est vrai ! La plus grande discrétion est de rigueur !

BEAUJOLAIS *respirant.*

Ah ! brigadier !... je n'attendais pas moins de votre vieille amitié. (*Il lui serre de nouveau la main*). Pas un mot...

CARABI

Pas un mot ! Personne ne doit savoir...,

REAUJOLAIS

Non !... personne (*A part.*) Voilà un ami. (*Il lui serre encore la main.*)

CARABI

Je vais faire mon enquête... discrètement.

BEAUJOLAIS

Votre enquête ?

CARABI

Subséquemment que j'y mettrais la plus grande circonspection ! pour ne pas me laisser chiper cette occasion par le substitut M. Brisebois.

BEAUJOLET, *stupéfait.*

Le substitut !

CARABI

Enfoncé l'élément civil ! aussitôt mon dossier complété...on lance la nouvelle, v'lan !.. et j'obtiens mon avancement ! Ce brave Beaujolais !

BEAUJOLAIS, *à part.*

Oh ! il me dégoûte !

CARABI, *lui tapant sur l'épaule.*

Vous verrez comme je vous soignerai ça... j'espère que vous serez content... ce cher ami, depuis dix ans que j'attends.
(Beaujolais reste stupéfait.)

STÉPHANE

Ce sera délicieux ! Les Beaujolais assis au banc de l'infâmie !

BEAUJOLAIS, *à part.*

Ils sont embêtants à la fin !

CARABI

Voilà le substitut justement ! pas un mot devant lui.

BEAUJOLAIS

Je suis sur des épines. *(Il passe la boîte à Carabi.)* Cachez ça !

SCÈNE IX

Carabi, Brisebois, Beaujolais, Stéphane.

CARABI, *bas.*

Dissimulons devant l'élément civil.

TOUS LES TROIS, *souriant.*

Hi ! hi ! hi !

BRISEBOIS

Eh bien Beaujolais, on vous attend.

BEAUJOLAIS

Vous croyez ?... Nous causions tous les trois bien tranquillement, *(Il regarde les autres).* N'est-ce pas, Messieurs !

CARABI

Nous causions.

STÉPHANE

Nous causions ! *(Ils sourient bêtement).*

CARABI

Que nous étions en train de constater qu'il n'y a jamais eu le moindre crime à Coquebourg... que c'est comme qui dirait un pays vierge.

STÉPHANE

Vierge ! Au point de vue des malfaiteurs !... car au point de vue des femmes !...

BRISEBOIS

Des malfaiteurs !... Ah ! nous n'aurons jamais cette chance-là !

BEAUJOLAIS, *à part.*

Ils sont macabres !

BRISEBOIS

C'est la faute du Maire... Il distribue trop de bons de pain.

BEAUJOLAIS

Il faut bien que les malheureux vivent. •

BRISEBOIS

La magistrature aussi, il faut bien qu'elle vive !

CARABI

Et la gendarmerie donc ?

BEAUJOLAIS

Vous avez des appointements fixes, vous.

BRISEBOIS, *remarquant la boîte que Carabi dissimule autant qu'il le peut.*

Qu'est-ce que c'est que ça ?

BEAUJOLAIS

Hum ! hum !

CARABI

Hum ! hum !

STÉPHANE, *vivement.*

C'est une bombe !

BRISEBOIS, *joyeusement.*

Une bombe ! un attentat ! nous aurions une bombe ? Enfin !

CARABI

Glacée ! Une bombe glacée ! pour le dessert !

BRISEBOIS, *tristement en levant les bras au ciel*

Hélas ! Elle est glacée !

BEAUJOLAIS, *à part.*

Ils me font froid dans le dos !

CARABI, *bas à Beaujolais en le poussant.*

Enfoncé, l'élément civil.

LES GENS DE LA NOCE *à la cantonade.*

M. le Maire ! M. le Maire !

STÉPHANE, *à Beaujolais*

Vous savez ce que vous m'avez promis. .
cinq minutes !

CARABI, *bas à Stéphane.*

Je vous confie le Macchabée !
(*Il lui passe la boîte. — Achille, Gabrielle,
M. et Mᵐᵉ Colombin, et le docteur Manganèse,
font irruption dans le jardin*).

SCÈNE X

**Brisebois, Stéphane, Achille, Gabrielle,
Beaujolais, M. Colombin, Mᵐᵉ Colombin,
Manganèse et Carabi.**

TOUS, *sur l'air des lampions.*

Monsieur le Maire ! Monsieur le Maire !

ACHILLE

Voyons, mon oncle.

CARABI, *à part.*

Il faut que je demande quelques rensei-
gnements au docteur pour mon rapport.
(*Il le prend par le bras*). Mon cher Docteur...
(*Ils s'éloignent ensemble et sortent*).

COLOMBIN

Y sommes-nous, Beaujolais?

BEAUJOLAIS, *à part.*

Animal ! Imbécile !...

STÉPHANE, *bas à Beaujolais.*

Du courage, parlez aux Colombin.

BEAUJOLAIS

Oui. (*A part*) Cristi !

SCÈNE XI

**Stéphane, Colombin, Beaujolais et Mᵐᵉ
Colombin, Achille et Gabrielle,** *dans le
fond.*

BEAUJOLAIS, *à part.*

Qu'est-ce que je vais leur dire ? (*Haut*).
Mon cher Colombin...

COLOMBIN

Mon cher Beaujolais...

STÉPHANE

Hem ! hem ! (*Il lui montre le colis*).

BEAUJOLAIS

Voilà, c'est bien simple... (*A part*) Qu'est-ce
que je vais leur raconter ? (*Haut*) Voilà... Il
fait beau temps ce matin !
(*Stéphane, pour rappeler à Beaujolais sa
promesse, frappe de petits coups sur sa boîte*).

BEAUJOLAIS, *à part.*

Il m'embête. (*Haut*). Tenez, prenez par ici,
c'est confidentiel.

Mᵐᵉ COLOMBIN

Mon Dieu ! que de précautions !
(*Beaujolais prend M. et Mᵐᵉ Colombin sous
le bras, pendant que Stéphane les suit toujours
en frappant sur sa boîte ostensiblement.*

BEAUJOLAIS, *avec solennité.*

Le mariage est un de nos grands problèmes
sociaux...
(*Ils sortent. — Stéphane joue du tambour
sur sa boîte derrière eux*).

SCÈNE XII

Achille et Gabrielle.

GABRIELLE, *donnant le bras à Achille.*

Mais pourquoi tous ces conciliabules des
grands parents et cette interruption de la
cérémonie ?

ACHILLE

Je crois qu'ils parlent de la dot !.. Il y a
peut-être un paragraphe qui est obscur dans
le contrat.

GABRIELLE

Je trouve ces questions d'intérêt outra-
geant.

ACHILLE

Permettez. Je ne me suis jamais occupé de
ces vilenies... Votre dot, ce sont vos yeux,
c'est cette petite menotte... gantée de blanc...
ce petit cœur qui bat sous votre corsage... et
cette fleur d'oranger piquée dans vos cheveux... surtout cette fleur d'oranger !

GABRIELLE

Mon petit Achille !

ACHILLE

Ma petite Gabrielle.

I

Pas besoin de galette
A notre âge mon cœur.

GABRIELLE

Au fond d'une chambrette
On trouve le bonheur !

ACHILLE

Ta dot, c'est ta sagesse,
Tes yeux, c'est ton avoir.

GABRIELLE

Des bijoux de duchesse
Les feraient mieux valoir !

ACHILLE

Dans l'écrin de ta bouche
Les tiens sont exposés,
De crainte qu'on n'y touche
Je les cueille en baisers.
(Il l'embrasse).

ENSEMBLE

ACHILLE

Dans l'écrin de ta bouche
Les tiens sont exposés,
De crainte qu'on n'y touche
Je les cueille en baisers.

GABRIELLE

Dans l'écrin de ma bouche
Puisqu'ils sont exposés,
De crainte qu'on n'y touche
Cueille-les en baisers.

II

ACHILLE

Ton joli sein palpite
Derrière ton corset.

GABRIELLE

C'est que votre mér...
Monsieur, fait so...

ACHILLE

Je te peindrai ma flamme
Ce soir plus à loisir,

GABRIELLE

Tant mieux si votre femme
Y trouve son plaisir.

ACHILLE

Cet aveu, ma parole,
Je saurai ce qu'il vaut,
De peur qu'il ne s'envole
Je le cueille aussitôt.
(Il l'embrasse).

ENSEMBLE

ACHILLE

Cet aveu, ma parole,
Je saurai ce qu'il vaut,
De peur qu'il ne s'envole
Je le cueille aussitôt.

GABRIELLE

Cet aveu ma parole
Vous saurez ce qu'il vaut,
De peur qu'il ne s'envole
Prends-le tout aussitôt.

ACHILLE

Encore quelques heures à attendre, ma chère Gabrielle, et le verrou tiré...

GABRIELLE

Voulez-vous vous taire !

MANGANÈSE, appelant à la cantonade.

Beaujolais !

ACHILLE

C'est le docteur !

GABRIELLE

Eclipsons-nous... je suis toute honteuse... il me semble que tous les regards me dévisagent.

ACHILLE

Alors, allons du côté des bosquets.
(Ils sortent en courant).

SCÈNE XIII

Manganèse, *puis* **Beaujolais,** *et* **M.** *et* **Mⁿᵉ Colombin.**

MANGANÈSE, seul.

Je ne puis mettre la main sur cet animal de Beaujolais... Carabi m'a tout raconté... Ah ! le voilà !...

BEAUJOLAIS, à part, remontant.

Satané Achille ! il m'a fourré dans un joli pétrin.. moi un maire... J'ai raconté aux Colombin une histoire à dormir debout...

MANGANÈSE, à Beaujolais.

Je vous cherche partout.

BEAUJOLAIS

Ce cher docteur !

MANGANÈSE, confidentiellement.

Tous mes compliments, cher ami...

BEAUJOLAIS

Pourquoi ?

MANGANÈSE

Réjouissez-vous ! votre neveu a commis un crime !.. C'est le premier qui a osé..,

BEAUJOLAIS

Le misérable !

MANGANÈSE

Chut ! Je me charge de l'autopsie.

BEAUJOLAIS

L'autopsie ?

MANGANÈSE

Enfin ! nous allons donc avoir une cause célèbre à Coquebourg... Les journaux en parleront... (Un temps). Ce brave Beaujolais, (Il lui serre la main). L'affaire viendra devant les Assises...

BEAUJOLAIS

Ah ! vous croyez ? (A part). Ils sont lugubres !

MANGANÈSE

On imprimera nos noms dans la chronique des Tribunaux : l'autopsie de la victime... le docteur Manganèse... le savant praticien !... l'inculpé Beaujolais !...

BEAUJOLAIS, à part.

Satané Achille !

SCÈNE XIV

Manganèse, Beaujolais et Minard

MANGANÈSE

Ah ! voilà monsieur Minard ! notre aimable pharmacien ! Pas un mot devant lui, c'est un intriguant.

MINARD, à Beaujolais.

Enfin, je vous trouve ! (Lui tendant la main). Cher ami, j'ai appris la bonne nouvelle... Je compte sur vous...

BEAUJOLAIS, étonné.

Oui, pourquoi faire ?

MINARD, confidentiellement.

Pour exposer le... bocal dans ma vitrine...

BEAUJOLAIS, à part.

Le diable les emporte !

MINARD

J'ai déjà un tœnia de douze mètres 50 !...

MANGANÈSE, à Minard, aigrement.

Pardon ! la première chose à faire c'est l'autopsie !

MINARD

C'est complètement inutile, si le coupable se décide à faire des aveux...

MANGANÈSE

Aveux ou non ! il faut procéder à l'autopsie ; car il n'y a pas de crime sans autopsie... et l'autopsie, ça me regarde !

MINARD

Oui ! pour qu'après je ne puisse plus l'exposer ! Je proteste contre l'autopsie : c'est barbare et absurde.

MANGANÈSE

Ce n'est pas à un méchant apothicaire à nous apprendre les formalités judiciaires.

MINARD

M. Diafoirus veut faire du zèle !

MANGANÈSE

Ignorant !

MINARD

Poseur !

MANGANÈSE

Ignorantus ! Ignorantum !

MINARD

Assassinum !

BEAUJOLAIS

Tenez ! regardez-les !

SCÈNE XV

Les Mêmes, plus Brisebois.

BRISEBOIS, entrant, gaiement.

Ah ! cet excellent, Beaujolais... toutes mes félicitations. On m'a tout raconté. J'ai donné des ordres pour l'arrestation d'Achille.

BEAUJOLAIS

A l'autre maintenant ! Vous m'embêtez !... Zut ! Bonsoir ! (Il sort.)

BRISEBOIS

Hein ? Comment ? Quand je viens pour le complimenter ! Egoïste, va !

SCÈNE XVI

Brisebois, M. *et* **Mme Colombin, Gabrielle, Manganèse, Carabi, Minard, Invités,** *puis* **Achille,** *puis* **Beaujolais.**

Mme COLOMBIN, *suivie de toute la noce.*

C'est scandaleux!... c'est infâme!... (*A son mari*). Mais remuez-vous donc, vous... vous êtes là comme une souche !

COLOMBIN

Que veux-tu? les grandes douleurs sont muettes.

BRISEBOIS

Enfin ! nous avons un crime ! un crime véritable ! nous allons procéder...

GABRIELLE, *entrant en pleurant.*

Stéphane m'a tout raconté ! Hi ! hi ! hi !

Mme COLOMBIN

Ne pleure pas, chère petite, tous les hommes sont des monstres.

GABRIELLE

C'est donc vrai ?

ACHILLE, *entrant.*

Ah çà ! on n'en finira pas de ce mariage... il manque toujours quelqu'un ; quand ce n'est pas le maire c'est... (*Remarquant que tout le monde s'éloigne de lui*). Qu'est-ce qu'ils ont ? (*A Gabrielle*). Vous pleurez, ma chère Gabrielle.

COLOMBIN, *dignement.*

Ce n'est plus votre chère Gabrielle.. après ce qui vient de se passer...

ACHILLE

Que s'est-il donc passé ?

Mme COLOMBIN.

Il le demande !... il demande ce qui s'est passé, le tigre !

ACHILLE

Voyons... voyons... (*A Mme Colombin*). belle-maman !...

Mme COLOMBIN

Arrière, monsieur, ne me touchez pas. Je ne suis pas votre belle-maman.

STÉPHANE, *bas.*

Très bien. (*Il se réjouit*).

ACHILLE

Je n'y suis plus, moi !... Papa Colombin...

COLOMBIN

Je ne vous connais pas... monsieur.

STÉPHANE, *bas.*

C'est ça !

MINARD, *à part.*

Il est très digne, le beau-père.

ACHILLE, *déconcerté.*

Voyons, mes amis... (*A sa fiancée*). Gabrielle !...

Mme COLOMBIN, *se précipitant au-devant de sa fille.*

N'essayez pas de déflorer cette enfant...

ACHILLE

Non ! Pas devant le monde.

Mme COLOMBIN

Il a le toupet de plaisanter !

CARABI

M. le substitut m'a fait demander ?

BRISEBOIS, *désignant Achille.*

Assurez-vous de cet homme-là !

CARABI, *s'avançant, à Achille.*

Que je vous demande pardon !... subséquemment... au nom de la loi !

BRISEBOIS

Enfoncé l'élément militaire !

BEAUJOLAIS, *entrant effaré.*

Arrêté !... mes cheveux blancs à la barre !...

ACHILLE, *tout interloqué.*

Ah çà ! je rêve, moi.
(*On apporte une table derrière laquelle s'assied Brisebois*).

BRISEBOIS

Nous allons procéder à l'interrogatoire. (*A Achille*). Vos nom et prénoms ?

ACHILLE

Quel drôle de mariage !

BRISEBOIS

Nous ne sommes pas ici pour badiner... répondez aux questions. Vous vous appelez Denis-Achille Beaujolais ?

ACHILLE

Parfaitement.

BRISEBOIS

Représentant de la maison Chevillard et Cie ?... fabricant d'articles de Paris.

ACHILLE

C'est le secret professionnel, ça.

BRISEBOIS

Nous la connaissons, celle-là.

MANGANÈSE, *à part.*

Il conduit bien les débats.

BRISEBOIS, *à Achille.*

Voulez-vous oui ou non, éclairer la Justice.

BEAUJOLAIS, *bas.*

Nie carrément !

ACHILLE, *stupéfait, à son oncle.*

Oui !

BRISEBOIS

Oui, alors vous avouez ?

ACHILLE

Non !

BRISEBOIS

Oui, non ! quel mobile vous a fait agir ? ce petit être était bien innocent, bien digne de pitié...

ACHILLE, *à part.*

Ah ! j'y suis !.. il s'agit du bicot... (*Haut*). Bah ! c'est un enfantillage... Cela arrive tous les jours... la mère en fera un autre, voilà tout !

Mme COLOMBIN

Ah ! l'horreur !

BRISEBOIS *à Achille.*

Je vous invite à ne pas répondre avec ce cynisme révoltant.

ACHILLE

Je ne peux pourtant pas prendre ça au sérieux...

TOUT LE MONDE

Oh ! oh !

BRISEBOIS

Silence ! Je vais faire évacuer la salle !

BEAUJOLAIS, *à part.*

Il gâte son affaire.

ACHILLE

Quoi?... Oh ! oh ! En voilà-t-il une affaire !.. voyons, mon cher Monsieur Brisebois, vous allez à la chasse, vous rencontrez dans les champs une petite paysanne. . le coup part !...

TOUS

Oh !...

BRISEBOIS

Assez ! assez ! je vais ordonner le huis-clos...

ACHILLE

Quelle importance attacher à une pareille peccadille ? Est-ce de ma faute à moi si mon canon s'est relevé !

Mme COLOMBIN

Le sale individu !

MINARD

Décidément c'est un satyre.

MANGANÈSE

Un hystérique !

BEAUJOLAIS, *bas à Achille.*

Malheureux, tu t'enfonces, je t'avais dit de nier.

ACHILLE, *haut.*

Vous voulez que je me dérobe pour une blague pareille ? Je lui ai donné quarante francs, à la petiote... Je crois que c'est bien payé !

Mme COLOMBIN

Quarante francs ? et il ose le dire.

ACHILLE, *triomphant.*

A Paris, ça m'aurait coûté cent sous, tout au plus.

TOUT LE MONDE

Oh ! oh !

Mme COLOMBIN

Cent sous ! quel cynisme !

STÉPHANE

J'étais là quand il a donné les quarante francs.

CARABI

Moi aussi, équilatéralement.

STÉPHANE

Tout de suite, nous nous sommes dit : Il y a quelque chose de louche là-dessous.

BRISEBOIS

Il paraît que nous avons des témoins... ça se corse !

BEAUJOLAIS, *à part.*

Il est fichu !

BRISEBOIS, *aux témoins.*

Voyons, levez la main... vous jurez de dire la vérité, toute la vérité rien que la vérité.

TOUS DEUX

Nous le jurons.

BRISEBOIS

Quelle est la malheureuse ?

CARABI

Nanette !

STÉPHANE

La fille au père Mathurin.

BRISEBOIS

Qu'on l'amène !

GABRIELLE, *s'évanouissant.*

Ah ! ah ! (*Elle s'affaisse*).

COLOMBIN, *faisant asseoir.*

Allons ! allons, du courage, ma fille.

Mᵐᵉ COLOMBIN

Pauvre chérubin !

(*Elle lui tape dans les mains*).

ACHILLE

Quel drôle de mariage !

SCÈNE XVII

LES MÊMES, *plus* Nanette.

NANETTE, *joyeuse.*

Me voici ! J'arrivions tout drait.

BRISEBOIS

Placez-vous en face de moi... Là... levez la main. (*Elle lève une main*). L'autre !... Vous jurez de dire la vérité ! toute la vérité ! rien que la vérité ? Vous êtes la fille Nanette ?

NANETTE

Tiens ! c'te bêtise ! qui voulez-vous que je soyons ?

BRISEBOIS

Répondez correctement. Vous connaissez l'inculpé ?

NANETTE

L'inculpé ?... non, je ne connaissions point ça.

BRISEBOIS

Vous ne connaissez pas le sieur Achille Beaujolais ici présent.

NANETTE

M'sieur Achille ?... Ah ! que si que je le connaissions ben ! Il avait été ben assez gentil pour une pauvre fille comme moué.

BRISEBOIS

Vous avouez avoir reçu deux louis ?

NANETTE

Té pardine ! puisque je les avions remis au père.

BRISEBOIS

Ah ! vous les avez remis à votre père... Et qu'a-t-il dit ?

NANETTE

Il a dit que c'était ben six fois autant que ça vâlait.

BRISEBOIS

Quelle morale, mon Dieu ! quelle morale ! et vous ne rougissez pas ?

NANETTE

Y a pas de quoi ! Je voudrions ben, au contraire, que ce soit à recommencer.

TOUT LE MONDE, *scandalisé.*

Scandale ! Ah !

Mᵐᵉ COLOMBIN

Ah ! la petite coquine !

BRISEBOIS

Fille Nanette... je vous préviens que vous aggravez votre cas... Et ensuite qu'avez-vous vous fait de ce pauvre petit être ?

NANETTE

Je l'avions mis dans une terrine pour le faire mariner.

TOUT LE MONDE

Assez ! assez !

COLOMBIN

C'est scandaleux !

BEAUJOLAIS, (*à part*)

Nous sommes fichus.

BRISEBOIS, *à Nanette.*

Achevez votre déposition.

NANETTE

Et puis je comptions le mettre à la casterolle pour le manger en famille, avec des câpres, des oignons, du persil.

Avec des câpres, des oignons,
Des épices, des cornichons,
Du vin blanc et de l'échalotte
On fabrique une gibelottte.

TOUT LE MONDE

Avec des câpres, des oignons,
etc.

GABRIELLE, *à Nanette et Achille.*

Voyez-moi ces deux coquins-là !
S'ils ne sont pas faits l'un pour l'autre !

NANETTE, *menaçante.*

J'aurais voulu t'y voir, holà !
Toi qui fais tant le bon apôtre.

GABRIELLE, *avec dignité.*

Je n'ai pas le bec si pointu,
Qu'une pareille mijaurée.

NANETTE, *retirant son sabot et la menaçant.*

On va t'apprend', Fleur de vertu,
A faire en public ta sucrée.
(*On s'interpose*).

NANETTE, *riant.*

Ah ! ah !

Avec des câpres, des oignons,
Des épices, des cornichons,
Du vin blanc et de l'échalotte
(*Avec rage sous le nez de Gabrielle*)
On fabrique une gibelotte !

TOUT LE MONDE

Avec des câpres, des oignons,
etc.

NANETTE

J'voulons pas de ton amoureux,
Puisque t'y tiens, mets-le sous cloche,

GABRIELLE, *se précipitant sur elle.*

Et toi, si tu tiens à tes yeux,
Fiche le camp ou je les poche !

NANETTE, *prête à se battre.*

Gar' là-dessous ! Ousqu'est ta piau
Que je t'arrachions quelques plumes ?
(*Elles en viennent aux mains. On les sépare*).

GABRIELLE

Je vais t'bourrer comm' ton fourneau
Ou t'éplucher comm' tes légumes.

(*Ironiquement*)

Avec des câpres, des oignons,
Des épices, des cornichons,
Du vin blanc et de l'échalotte,
On fabrique une gibelotte !

TOUS

Avec des câpres, des oignons.
etc.
(*Elles se battent.*)

COLOMBIN, *à Gabrielle.*

Eh bien ! Eh bien ! ma fille.

GABRIELLE

Laissez-moi tranquille.

BRISEBOIS, *tapant sur la table,*

L'audience est reprise pour l'audition des témoins et l'examen des pièces à conviction.. Il y a-t-il un sténographe ici ?

ACHILLE

Ah ! il est rasant, à la fin.

MANGANÈSE

Je pense que l'autopsie s'impose dans le plus bref délai.

BEAUJOLAIS, *à part.*

L'autopsie ! il va attraper le maximum.

NANETTE

Quoi que c'est y ben l'autopsie ?

BRISEBOIS

Monsieur Stéphane, voulez-vous remettre au Tribunal le corps du délit ?

STÉPHANE

Avec plaisir, Monsieur le Président.
(*Il lui remet le bocal, que Brisebois montre à tout le monde*).

TOUS

Oh !
(*Ils se cachent les yeux ou se retournent*).

BRISEBOIS, *se levant et examinant le bocal.*

Ah ! sapristi ! ah sacrebleu ! Ah ! saperlipopette ! Il y a une étiquette ! (*Lisant.*) La poupée nageuse et articulée. Breveté, S. G. D. G.

ACHILLE

C'est un échantillon de la maison Chevillard.

BRISEBOIS

Une poupée ! C'est une poupée !

ACHILLE

C'était écrit dessus !

TOUS, *avec dépit.*

Ah !

BRISEBOIS

On ne se moque pas d'un Tribunal comme ca.

CARABI

Un infanticide, c'était trop beau !

ACHILLE

Ah çà ! ils sont devenus fous.

GABRIELLE, *se jetant dans ses bras.*

Mon p'tit Achille !

BEAUJOLAIS, *très content.*

Trala la la la !

NANETTE

Je ne comprenions point.

CARABI

Enfoncés les deux éléments ! Le pays restera vierge !

GABRIELLE

COUPLET FINAL

La morale de tout ceci,
C'est qu'il faut revenir ici,
Pour voir triompher l'innocence
Et pour faire...(*Battant des mains*) avec indulgence !

RIDEAU

Vannes — Imprimerie Lafolye. — 733-98.

AUTEURS	TITRES DES ŒUVRES	Hommes	Femmes	Prix nets
F. Chaudoir.	Fête à Claudine (La) . .	1	1	4 »
E. Duhem. .	Fête à M. le Maire (La) . .	3	2	4 »
R. Planquette.	Fiancé de Margot (Le) T .	1	1	6 »
Javelot. . . .	Fiancés berrichons (Les) .	1	1	3 »
Soulié	Fiancés du bonnet de coton (Les)	1	1	5 »
L. Vasseur. . .	Fichue idée T	2	1	5 »
Liouville. . .	Fièvre phylloxérique (La) .	3	2	4 »
Berthe. . . .	Fille du charpentier (La) .	3	1	5 »
Lebreton-Moreau	Fille du marin (La) T . .	8	7	loc.
id. . . .	Fille à Papa (Le) T . . .	1	»	loc.
Chaulieu et Battaille	Fils de M. Alphonse (Le) (vaud.) T.	troupe		loc.
Duroc-Mailfait	Five O'Clock de la Baronne.	7	2	loc.
Villebichot. .	Fleuriste et typographe. .	1	1	5 »
Divers	Françoise les bas bleus T.	troupe	»	loc.
Divers	Fantrognon T	8	11	loc.
Lebreton-Moreau	Frère de lait (Le) . . .	1	2	4 »
id. . . .	Friquet T	9	7	loc.
Cieutat. . . .	Furet (Le)	»	1	4 »
Moreau-Touzé .	Gai gai mariez-vous ! .	4	3	loc.
Divers	Gavroche et Loup de mer. .	1	1	loc.
Lefort	Grand papa de la chanson (Le) T	1	1	3 »
M.-Brisac . .	Guerre aux hommes (La) T .	6	7	loc.
Lebreton-Moreau	Héritière de Carapattas (L') T	8	8	loc.
Villebichot. .	Hirondelles de la rue (Les) .	»	2	3 »
Moniot. . . .	Jacotte	2	2	5 »
Nargeot	Jeanne, Jeannette et Jeanneton T	2	3	8 »
Michiels . . .	Jefque et Trinne. . . .	1	1	4 »
A. Perronnet. .	Je reviens de Compiègne. .	»	1	4 »
Bernicat. . . .	Jeunesse de Béranger (La) . T	1	1	6 »
Lebreton-Moreau.	Jocrisses du mariage (Les).	troupe	»	loc.
L. Collin. . .	Journée aux soufflets (La) .	1	1	4 »
Herpin. . . .	Ki-Ki-Ri-Ki T.	troupe	»	loc.
Desormes. . . .	Leçon de musique (La). .	1	1	4 »
J. Clérice. . .	Léda T	troupe	»	loc.
Cazaneuve. . .	Loi du pal (La) T . . .	troupe	»	5 »
Moreau-Gramet.	Ma Colonelle	»	2	loc.
De Ste-Croix..	Madame de Rabucor . .	2	1	4 »
Clairville fils.	Madame la baronne T. . .	1	1	4 »
Wachs. . . .	Madame le docteur. . .	1	1	3 »
V. Roger. . .	Mademoiselle Louloute. .	2	2	5 »
Bessière-Marinier.	Maire et Martyr T . . .	3	2	loc.
Talexy. . . .	Maître Grelot.	3	2	7 »
De Lajarte. . .	Mam'zelle Pénélope T . .	1	1	7 »
Jouhaud. . . .	Mariages riches	1	1	4 »
Moniot. . . .	Marianne et Jeannot . .	1	2	8 »
Tollet. . . .	Marié sans l'être. . . .	1	1	4 »
Simiot. . . .	Mariés de Nanterre (Les)..	1	2	4 »
Chaulieu et Battaille	Marie, tu dors encore. . .	troupe	»	loc.
Gresset-Bernard	Méfiez-vous d'Oscar T . .	2	2	loc.
E. André. . .	Melon (Le) (monologue saynète)	1	2	» No.
Desormes. . .	Menu de Georgette (Le) . .	3	2	6 »
Ch. Gabet . .	Mérite des femmes (Le) (v.) T.	troupe	»	loc.
Lebreton-Moreau.	Miss Kissmy T	5	5	loc.
Bessier-Moreau	Môme aux Camélias (La) T. .	troupe	»	loc.
Chassaigne. . .	Monsieur Auguste T. . .	1	3	» No.
Lebreton-Moreau.	Monsieur Sans Gêne T . .	troupe	»	loc.
Joly. . . .	Myope et presbyte T . . .	2	»	4 »
Desormes. . . .	Nègre de la Porte St-Denis (Le)	3	3	3 »
E. Lhuillier. .	Nez enchanté (Le) . . .	1	1	3 »
Herpin. . . .	Noce à Grospoulot (La). .	5	7	loc.
F. Barbier. . .	Noce à Suzon (La). . .	1	1	4 »
L. Collin. . .	Noces d'or (Les). . . .	2	1	5 »
Moreau-Gramet.	Nos petites Chattes.. . .	3	5	loc.
Lebreton-Moreau.	Nos voisins T.	6	6	loc.
V. Roger. . .	Nourrice de Montfermeil (La)	2	3	6 »
Ch. Gabet . . .	Nouvel Achille (Le) (vaud.) T	3	1	6 »
Touzé Prud'homme	Nuit de Noces de Beaublanchet	6	4	loc.
Jacobi. . . .	Nuit du 15 octobre (La) T .	3	1	6 »
Dédé fils. . .	Oncle et Neveu. . . .	3	»	3 »
Dufils. . . .	Paille et la l'outre (La). .	»	2	6 »
Billemont.. . .	Pantalon de Casimir (Le). .	1	1	6 »
A. Petit. . .	Par autorité de Justice T .	5	1	6 »
F. Barbier. . .	Par la fenêtre. . . .	1	1	4 »
J. Walter. . .	Par la Gymnastique T . .	2	1	loc.
Ed. Lhuillier. .	Pasquinette	1	3	» No.
L. Collin. . .	Petit Saphi (Le)	3	3	5 »
Lebreton-Moreau.	Petite baronne (La) T. . .	troupe	»	loc.
Linas. . . .	P'tite bête vit encore (La) T.	1	»	4 »
Lebreton-Moreau.	Petite colonelle (La) T. .	8	1	loc.
id. . .	Petites Menichons (Les) T.	troupe	»	loc.
A. Petit.. . .	Petits lapins (Les) T . .	troupe	»	loc.
J. Clérice. . .	Phrynette T	troupe	»	loc.
F. Barbier. . .	Points jaunes (Les). . .	1	1	5 »
F. Barbier. . .	Poupée automate (La) . .	1	1	4 »
F. Barbier. . .	Premières armes de Parny (Les)	3	1	5 »
Moreau. . . .	Proies d'or de chant. . . .	»	2	4 »
De Ste-Croix	Pygmalion T.	1	2	6 »
Garnier-Héros.	Que es du Diable (La) T . .	troupe	»	loc.
L. Collin. . .	Qui se dispute s'adore . .	1	1	4 »
Ch. Lecocq . .	Rajah de Mysore (Le) T..	troupe	»	3 »

AUTEURS	TITRES DES ŒUVRES	Hommes	Femmes	Prix nets
Villebichot. .	Réponse du Berger (La). .	1	1	8 »
Jacoutot. . .	Retour de Kerdrec (Le) . .	troupe	»	4 »
Meugé. . . .	Retour de Margotte (Le) . .	1	1	4 »
Roques . . .	Retour de Mars (Le) . . .	1	2	4 »
L. Collin . .	Retour de Musette (Le) . .	1	1	4 »
Ch. Thony. .	Robes et Manteaux T. . .	5	5	loc.
F. Chaudoir. .	Roi Claquette (Le) T. . .	3	3	5 »
Desormes . . .	Roland furieux.	3	1	6 »
L. Desormes .	Romance impossible (La) .	2	»	2 »
W. Busnach . .	Rosière de Valentino (La). T	3	2	loc.
Michiels. . .	Rosière d'Interlaken (La) .	1	1	4 »
Ch. Gabet. .	Ruy Black (vaudeville) T. .	»	1	loc.
Ch. Hubans. .	Sabines (Les).	troupe	»	loc.
Clements. . .	Saint-Yvon (La) T . . .	1	2	5 »
Ch. Lecocq . .	Sauvons la caisse T. . .	1	1	6 »
R. Planquette.	Serment de Mme Grégoire (Le) .	1	1	8 »
Lebreton-Moreau	Signe de Léda (Le) T. . .	troupe	»	loc.
Olivier. . . .	Simone et Boquillon. . .	2	1	5 »
Lebreton-Duroc.	Soir de Noce T. . . .	4	4	loc.
Duroc				
Bufière	Soirée bourgeoise. . . .	2	2	loc.
Mailfait				
Leserre. . .	Soirée d'amateurs. . . .	pochade	»	1 »
Gresset				
Bernard	Souffleur par amour T . .	3	»	loc.
Otter				
Clements. . .	Souhaits ridicules (Les) T .	2	1	5 »
Meyan. . . .	Soupirs du cœur. . . .	2	3	4 »
Ch. Malo. . .	Souviens-toi de Clémentine .	2	1	4 »
Moreau-Darsay	Spiritisme des Familles . .	4	4	loc.
Tac-Coen. . .	Suzette, Suzanne et Suzon .	1	3	4 »
Wachs. . . .	Tata chez Toto	2	1	4 »
Chassaigne. .	Toc.	2	2	5 »
Blétry . . .	Tonton T	3	3	loc.
Wachs. . . .	Totor et Titine	1	1	4 »
Hubans. . .	Tour de Moulinet (Le) T .	2	1	8 »
Cartier. . . .	Train des Maris (Le) . .	2	1	4 »
Ch. Gabet . . .	Trésor des Dames (vaudev.) T	troupe	»	loc.
Lebreton-Moreau	Treize jours d'un Parisien (Les) T	troupe	»	loc.
id. . .	Treizième spahis (Le) T. .	troupe	»	loc.
id. . .	Trio de troupiers T . . .	troupe	»	loc.
L. David. . .	Tu l'as voulu T. . . .	3	1	5 »
Javelot. . . .	Un amour d'épicier. . .	2	1	4 »
P. Henrion . .	Un charcutier dans les fers.	1	1	4 »
Chassaigne. . .	Un Coq en jupons . . .	1	1	4 »
Banès	Un du malade	2	1	5 »
Wachs. . . .	Un domestique pour rire. .	1	1	4 »
G. Laurens . .	Un futur sur le gril. . .	1	1	4 »
Ch. Malo . . .	Un gendre à prendre . .	2	1	4 »
Pericaud. . .	Un hercule qui ne veut pas se rouiller	2	1	4 »
Cambillard. . .	Un mariage à la force du poignet	1	1	4 »
Ch. Malo . . .	Un mariage au flageolet. .	1	1	4 »
Dauphin. . . .	Un mariage en Chine T. .	4	1	6 »
Bernicat. . . .	Un mari à l'essai . . .	1	1	4 »
Pericaud. . . .	Un mari en grande vitesse .	3	1	4 »
L. Collin. . .	Un mauvais conscrit . . .	2	»	4 »
E. Barbier. . .	Un souper chez Mlle Contat. .	»	2	5 »
Bernicat. . . .	Une aventure de clairon. .	2	1	6 »
E. André . . .	Une drôle de Marquise . .	2	1	5 »
Clements . . .	Une étoile d'antichambre T .	2	1	5 »
Jouhaud . . .	Une femme du quart de monde	1	1	4 »
Villebichot. . .	Une femme qui bégaie T . .	3	2	6 »
L. Roques . .	Une femme tombée du Ciel .	1	1	5 »
Villebichot. . .	Une fille à trucs . . .	3	1	4 »
Liouville. . .	Une fille en loterie . . .	2	1	4 »
Desormes. . . .	Une lune de miel normande .	1	1	4 »
L. Collin. . .	Une mariée sans mari . .	1	1	4 »
Ed. Lhuillier. .	Une marie à vapeur. . .	1	1	3 »
Desormes . . .	Une mauvaise connaissance	3	2	5 »
Moreau-Darsay	Une mauvaise nuit . . .	2	2	loc.
Ch. Gabet . . .	Une nourrice sur lieu (vaud.) T	2	1	loc.
Duhem	Une partie à Robinson . .	2	2	4 »
Wachs	Une pleine eau à Chatou . .	2	1	4 »
Bernicat. . . .	Une poule mouillée. . .	1	1	4 »
Chassaigne. . .	Une table de café. . . .	2	1	4 »
R. Planquette. .	Valet de cœur	1	1	4 »
J. Walter . . .	Végétariens (Les) T. . .	troupe	»	loc.
Robillard. . .	Vengeance (La) de Ramoli. .	1	2	4 »
G. Roques . .	Vénus infidèle (Retour de mars) T.	1	2	4 »
Moreau-Boucherat.	Vert galant.	6	8	loc.
Lebreton-Moreau	Vierges du chahut (Les) T. .	troupe	»	loc.
Burani-Planquette	Vingt-huit jours de Champignolette T	6	4	loc.
Lebreton-Moreau	Vocation d'Isoline (La) . .	1	1	4 »
Jacobi. . . .	Voilà l'plaisir, mesdames . .	1	3	loc.
Ch. Hubans. .	Voiture à vapeur. . . .	2	»	4 »
Divers	Volontaire de 92 (Le) T . .	troupe	»	loc.
Tac-Coen . . .	Volontaire et vivandière. .	2	1	4 »
Herpin. . . .	Voyage de noce (Le). . .	4	1	loc.

Livrets d'opéras et opéras-comiques, net : **2 fr.** — Livrets d'opérettes. net : **1 franc.**

Pour la location de l'orchestre ou l'abonnement, s'adresser à l'Éditeur

POUR LES OUVRAGES DU RÉPERTOIRE

CONSULTER LE CATALOGUE SPÉCIAL

DES

OUVRAGES DE THÉATRE

QUI EST ENVOYÉ **FRANCO** SUR DEMANDE

POUR LA PARTITION OU LES PARTIES D'ORCHESTRE

MM. les Directeurs sont priés de s'adresser à l'Editeur